À mes proches, qu'ils trouvent toujours des idées drôles
pour combattre les idées noires.
Merci à Roland Garrigue qui me fait rire depuis dix ans.
C. L.

À mes collègues dessinateurs de l'atelier avec qui
nous ratatinons les idées noires dès le lundi matin !
R. G.

Dans la même collection :

www.ptitglenat.com

© 2017, éditions Glénat
Couvent Sainte-Cécile, 37 rue Servan, 38000 Grenoble Cedex, France.
Loi 49956 du 16 juillet 1949 sur les publications destinées à la jeunesse.
Tous droits réservés pour tous pays.
Dépôt légal : octobre 2017
ISBN : 978-2-344-02213-9
Achevé d'imprimer en Espagne en août 2017 par Indice S.L.,
sur papier provenant de forêts gérées de manière durable.

Comment ratatiner les idées Noires ?

Catherine
LEBLANC

Roland
GARRIGUE

p'titGlénat

Une idée noire est une pensée qui peut te prendre la tête, t'inquiéter ou bien te décourager. Elle te fait croire que tout va mal, que tu es nul ou que des catastrophes vont arriver.

On ne peut pas empêcher les idées noires d'apparaître, mais ne t'affole pas...

Ce ne sont que des inventions, des imaginations, les personnages d'un film. Elles ne peuvent pas vraiment te faire de mal.

Elles veulent s'installer dans ta tête
mais elles ne restent pas longtemps.

Patiente et tu vas voir :
les idées noires vont
s'en aller. Il suffit d'un peu
de musique pour
les déranger !

Elles ne sont pas sportives.

Elles ne résistent pas à un jeu, une course
ou à un bon exercice physique.

On les oublie quand on est
avec des copains. Rire ensemble
est un excellent remède.

Si tu es tout seul, regarde un film marrant ou relis la collection des « Comment ratatiner » !

Pense à des idées en couleurs, les idées noires n'aiment pas ça !

Les idées noires ne sont pas solides, elles en ont l'air seulement.
Ne te laisse pas impressionner.

Une petite pichenette et
elles se retrouvent par terre.

Elles exagèrent toujours tout !

Si tu y regardes de plus près,
ce n'est pas aussi grave que
ça en a l'air !

La plupart du temps, ce ne sont que des craintes de l'avenir.
Par exemple, tu peux te sentir inquiet à l'idée qu'il arrive quelque chose
à ceux que tu aimes...

Réalise simplement qu'à l'instant présent, il n'y a aucun danger.

Les idées noires te font avoir peur, même quand tout va bien. Elles te murmurent à l'oreille que ce ne sera pas toujours comme ça.

Tout change, c'est vrai, mais ce n'est pas une catastrophe.
Il y aura toujours pour toi autre chose de chouette qui t'attendra.

Sois bien attentif, et tu finiras par reconnaître les idées habituelles, celles qui reviennent souvent.

Par exemple, tiens, voilà l'idée que « tu ne vas pas y arriver », cette pensée revient ! Encore elle !

À force de l'observer, tu la connais : elle ne dit
que des bêtises, alors ne l'écoute pas !

Plus on les croit, plus les idées noires grandissent.
Plus tu as peur ou plus tu te mets en colère, plus elles se renforcent.

Ne te laisse pas embarquer par leurs mensonges, ne t'énerve pas,
ne te décourage pas.
Rappelle-toi qu'elles font du cinéma, qu'elles inventent des histoires.
Elles perdront alors peu à peu leur pouvoir et seront remplacées
par d'autres idées, bien plus colorées !